☩

IHS

FÊTE DU R. P. RECTEUR

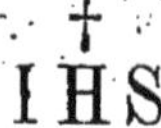

BOUVINES

TRILOGIE EN VERS

AVEC CHŒURS

REPRÉSENTÉE

PAR LES ANCIENS ÉLÈVES ET LES ÉLÈVES

DU COLLÉGE DE VAUGIRARD

LE 7 JUIN 1879

PARIS

IMPRIMERIE A. QUELQUEJEU

RUE GERBERT, 10.

IHS

BOUVINES

TRILOGIE EN VERS

AVEC CHŒURS

REPRÉSENTÉE

PAR LES ANCIENS ÉLÈVES ET LES ÉLÈVES

DU COLLÉGE DE VAUGIRARD

LE 7 JUIN 1879

Notice Historique

Le siècle de saint Louis, le dernier du moyen âge et le plus beau, s'ouvre par une série de grands faits d'armes. En 1204, les Latins prennent Constantinople. En 1212, les Maures d'Espagne sont écrasés dans les plaines ou *Navas* de Tolosa. Simon de Montfort triomphe à Muret en 1213, L'année suivante est la date de Bouvines.

A Bouvines, l'Église est menacée autant que la France; la victoire est catholique autant que nationale. Voilà pourquoi des historiens français l'enregistrent avec un dépit manifeste (1), ou du moins s'efforcent de l'amoindrir (2), alors que l'admiration l'emporte chez les Allemands, voire même chez les protestants comme l'était Hurter écrivant l'histoire d'Innocent III.

Nous aurions voulu retracer fidèlement la grandeur chrétienne et française de la lutte, et aussi mettre autant que possible en lumière la noble figure de Philippe-Auguste. Si l'aïeul de Louis IX ne fut pas irréprochable, il demeure, à tout prendre, un beau type de roi chrétien, et Bouvines marque le plus haut point de sa grandeur morale comme de sa gloire extérieure.

Mais pour composer le drame, l'histoire ne suffisait pas; la fiction était indispensable. Guidé par le caractère très-réel de Renaud de Boulogne, nous avons créé ceux d'Arnoul et de Fulbert. L'histoire de ce dernier personnage emprunte sa vraisemblance à des faits analogues incontestés. Nombre de chevaliers réputés morts à la croisade furent découverts en ce temps-là sous l'habit de frères mineurs. Dix ans après Bouvines, il y en avait jusqu'à dix-sept à la fois dans le seul couvent de Valenciennes, et ils furent tous cités devant Louis VIII au procès du faux empereur Baudoin (3).

---

(1) Michelet.

(2) H. Martin.

(3) Edw. le Glay, *Histoire des comtes de Flandre*. — Cahour, *Baudoin de Constantinople*.

PERSONNAGES

	MM.
PHILIPPE-AUGUSTE, roi de France	Georges de Frézals.
RENAUD de DAMMARTIN, comte de BOULOGNE. . .	Georges Prisse.
ARNOUL de MONTREUIL, neveu de RENAUD. . . .	Eugène Belville.
FULBERT, pèlerin.	Charles Boullay.
GUÉRIN, chevalier de l'Hôpital, chancelier de France, évêque nommé de Senlis.	Henri Comolet.
FERRAND de PORTUGAL, comte de FLANDRE . . .	Urbain Rongier.
GUILLAUME, comte de HOLLANDE.	Charles de Parseval.
MATTHIEU de MONTMORENCY.	Henri de Courte.
GAUTHIER de NEMOURS. .	Odon de Saint-Chamans.
ENGUERRAND de COUCY .	Maurice Gérardin.
GUILLAUME de GARLANDE.	Casimir Lorando.
ÉTIENNE de SANCERRE. .	Fernand Laudet.
GAUTHIER de CHATILLON, comte de SAINT-POL. . .	Louis Walzer.
GUILLAUME des BARRES .	Albert Chavanon.
WALON de MONTIGNY . .	Maurice de Charnacé.
Un MÉNESTREL.	Victor Déléris.
Clercs de la chapelle du roi. .	
Chevaliers et soldats Flamands .	
Chevaliers et soldats Français .	
Écuyers et Pages.	

Marche du Sacre. . . . . . Meyerbeer

Ier *ACTE*

LES VASSAUX

(Au donjon de Montreuil-sur-Mer. — Juillet 1214.)

SCÈNE X. — Chœur final. (Rossini. *Guillaume Tell.*)

Brisons, brisons d'injustes fers.
De nos tyrans l'âme hautaine
Révolte enfin tout l'univers.
Assez d'affronts : la coupe est pleine.
Dans trop de cœurs frémit la haine.
Le sort est las de cet orgueil.
Après tant d'opprobre et de larmes,
Il doit le triomphe à nos armes,
A la France un long deuil.

UNE VOIX

On nous attend. Courons, et malheur à la France !

UNE AUTRE

Qu'elle tremble !

UNE AUTRE

Quel cri nous guidera ?

TOUS

Vengeance !

Solo avec accompagnement d'orchestre exécuté par M. Mauhin (Gounod).

IIe *ACTE*

LE ROI

(Sur la place de Péronne.— Juillet 1214.)

SCÈNE I. — Chanson du *Ménestrel*.

I

La Sierra finit, la Nava commence ;
Le fleuve s'y joue en mille détours.
Voici Tolosa, ville aux blanches tours.
Aragon, Castille et Navarre et France
Depuis trois soleils marchent en concours.
Charmez à l'envi la longueur des jours,
Guitare ou clairon, cantique ou romance ;
Priez, sires clercs ; chantez, troubadours.
Le ciel est de feu, la plaine est immense.
Chevauchez, barons, chevauchez toujours !

II

Comme un tourbillon l'ennemi s'avance.
Aigles d'Occident, voici les vautours !
Sous le dais royal aux pans de velours,
Voici Manasser qui, dans sa démence,
De la sainte Espagne a compté les jours.
Arabes légers, Maures aux pas lourds :
Le sol disparaît sous la foule immense,
Et l'herbe des champs sèche aux alentours.
Vers Almantado la lutte commence.
En avant, barons, en avant toujours !

III

Le choc est affreux ; le destin balance.
Aragon fléchit : Castille au secours !
Efface Alarcos et les mauvais jours.
Élève, Nunez, au haut de ta lance
La Vierge d'Osma ceinte de huit tours.
Plus d'efforts sanglants, de sanglants retours !
Devant ce drapeau la terreur s'élance,
Qui rend les maudits aveugles et sourds.
Le carnage est grand, la déroute immense.
Fuyez, mécréants, fuyez pour toujours !

SCÈNE VII. — Chœur final. (GOUNOD. *Jeanne d'Arc.*)

En avant ! oui, Dieu nous appelle.
Du Tout-Puissant vengeons les droits.
En avant ! la mort est trop belle
A qui sert le Maître des rois. —
Il y va pour toi de la gloire.
Combats avec nous ; Dieu vivant,
Donne-nous prouesse et victoire.
En avant ! en avant !
Nous vaincrons. Quand la France à l'Église est unie,
Le Christ aime la France, il veut la protéger ;
Elle est puissante, elle est bénie,
Elle est fière sous le danger.
En avant ! . . . . . .

Schiller-Marsch. . . . . . MEYERBEER.

IIIᵉ *ACTE*

LA FRANCE

(A la lisière du plateau de Cysoing, entre Lille et Tournay. — Dimanche 27 Juillet 1214)

SCÈNE IV. — Les clercs du Roi. Chœur derrière le théâtre.
(AUBER. *La Muette.*)

I

Lance contre eux, lance ta flamme,
Roi des batailles, divin Roi !
Devant les pas de l'oriflamme
Fais marcher la mort et l'effroi.
Dans ce moment terrible à notre foi,
Que de pécheurs paraissent devant toi !
Dieu de clémence, accueille en paix leur âme.
Lance...

II

Garde, ô mon Dieu, dans cet orage,
Le roi chrétien, mon droit Seigneur.
Conserve-lui force et courage,
Accorde-lui gloire et bonheur.
Il a dompté le plaisir surborneur ;
Il sert ta cause, il défend ton honneur.
De ses jaloux confonds l'injuste rage !
Garde...

SCÈNE V. — Les clercs du Roi. Chœur.

Doute cruel, attente qui dévore !
Siècles d'horreur qui ne sont qu'un moment!
Maître divin, notre angoisse t'adore ;
Mais de nos cœurs abrège le tourment.
Le saint espoir jamais ne ment ;
Mais de l'angoisse, ô Dieu clément!
Abrège-nous l'affreux moment.

SCÈNE VIII. — Les clercs du Roi. Chœur.

Fends le nuage, éclair de l'espérance,
Taris nos pleurs en caressant nos yeux ;
Brille à la France }
Astre joyeux ! } *bis.*

Maître des cieux.
Oh ! daigne rajeunir les palmes des aïeux !
Ajoute à leur couronne un fleuron glorieux !

SCÈNE XIII. — Chœur final. (GOUNOD. *Jeanne d'Arc.*)

Gloire à Dieu ! — France bien-aimée.
Garde un reflet de sa grandeur ;
Sois son peuple, sois son armée ;
Prête-lui ta vivante ardeur,
Chevalier du Christ et de Pierre,
Archange à la lance de feu :
C'est là ton destin ; sois-en fière.
Gloire à Dieu ! Gloire à Dieu !

Jour qui fuit, à jamais consacré pour l'histoire
Et dont l'éclat mourant colore nos drapeaux,
Donne à l'Église une victoire,
A la France un noble repos.
Gloire à Dieu !...

SOUHAITS DE FÊTE

AU R. P. RECTEUR

A vous le dernier vœu, Père ! Ce jour est vôtre.
L'écho de vos leçons y devait retentir :
Leçons du citoyen, du prêtre, de l'apôtre,
École du Français, du soldat, du martyr.
L'enfant les entendit : que l'homme les retienne !
De la France de Dieu, de la France chrétienne,
Amis, gravons en nous l'impérissable orgueil.
Si le deuil ou la honte effleurent sa couronne,
Que d'un culte plus fier notre amour l'environne,
Irrité par la honte et grandi par le deuil !
Et quand même, ô douleur ! dans le sang, dans la fange
De son manteau de reine on souillerait la frange,
Que ce fidèle amour la relève et la venge,
Toujours chère à notre âme et brillante à notre œil !

O Père, à vos leçons nous rendrons témoignage.
Du vrai peuple de France authentique lignage,
Nous mettrons notre gloire à ne forligner pas.
On saura si vraiment la France adolescente
Venait apprendre ici l'erreur avilissante,
L'égoïste plaisir, l'intérêt dur et bas,

Et tout ce qui dégrade et tout ce qui sépare :
Fièvre de parvenir, ambition barbare
Qui foulerait un monde écrasé sous ses pas.
Que l'aveugle ignorance ou l'aveugle furie
Osent nous réprouver au nom de la patrie,
Nous chrétiens attardés qu'on ne veut plus souffrir !
Pour demeurer Français restons ce que nous sommes.
On nous retrouvera quand on voudra des hommes ;
On nous retrouvera quand il faudra mourir.

France, aux blasphémateurs si jamais on te livre,
Si jamais l'heure sonne où tu ne pourras vivre
Que dans nos cœurs meurtris, sanglants, persécutés ;
Dieu le veut ! que ces cœurs par l'épreuve exaltés,
Éclairant de leur foi la nuit universelle,
Recueillent du pays les suprêmes fiertés
Et de son vieil honneur lui gardent l'étincelle !
— O Père, c'est le vœu qu'ici nous t'adressons. —
Et quand des jours plus beaux s'éveillera l'aurore,
En nous qu'à tous les deuils elle survive encore,
Cette France du Christ apprise à tes leçons.

A.   M.   D.   G.

Paris-Vaugirard, Imp. A. Quelquejeu, rue Gerbert, 10.